Não pense, seja!

Mari Coelho

Não pense, seja!

2º Edição

Mari Coelho

Coordenação Editorial: Mari Coelho
Produção Editorial: Palavras dos Céus
Produção de Texto e Revisão: Ofício das Palavras
Capa e Diagramação: Mariana Fazzeri

@falamaismari
www.maricoelho.com

Dados Internacionais de Catalogação na Publicação (CIP)
(eDOC BRASIL, Belo Horizonte / MG)

Coelho, Mari.

C672p
Não pense, seja / Mari Coelho. - 2.ed.
São José dos Campos (SP): Ofício das Palavras, 2022.

112 p.: 16x23 cm
ISBN 978-65-86892-27-7
1. Leitura brasileira - Poesia. 2. Espiritualidade. I. Título.
CDD B869.1

Hoje é o melhor dia para se viver, já amanhã? Amanhã você vê!

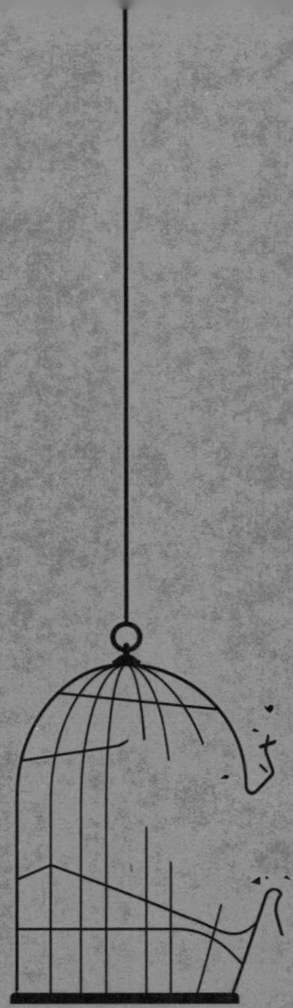

PARTE 1

Na dúvida, ame!

"Cara-metade não é
o pedaço que falta. É
apenas outra parte inteira,
assim como você.

Só que de tanto
transbordar, decidiu
dividir."

@falamaismari

"O que te faz acreditar no amor?

Pessoas precisam de provas, de algo concreto, ou de inspirações para amar. Mas esquecem que a sua própria criação já é o amor.

Pessoas casam-se todos os dias, bebês nascem a cada minuto. Uma pessoa pode se apaixonar em um segundo...

E o amor?

Esse só vale se tiver provas.

Existem várias formas de amar, de cuidar, de demonstrar, de criar e de viver.

Só que a única forma de sentir... é deixar acontecer.

Não se importe com aquele casal que se separou ou com aquele amigo que teve uma decepção.

Viver exige riscos e a sua felicidade mora fora da zona de conforto.

Ninguém perde por dar amor, perde é quem não sabe receber.

Não se inspire no que deu errado, você nunca conhece o outro lado da situação.

Na dúvida, ame!"

”

O AMOR É OURO, VALE MAIS QUE TESOURO.
QUANTO VALE O BRILHO DO SEU OLHO?

"Será possível estar sempre bem, feliz e contente? Será possível amar eternamente?

O amor não é uma fórmula mágica com uma receita para ser seguida.

O amor é construído dia a dia, fortalecido nas dores e comemorado nas vitórias.

O amor é diversão, cumplicidade e união.

Amor é mais que paixão.

Amor é submissão.

Quando você entende o seu verdadeiro significado, para de se importar com o que não funciona e começa a focar naquilo que realmente importa.

Amar é a sua própria definição."

"Não preciso de datas para definir minha saudade.

Só preciso respirar para saber o quanto você faz falta."

@falamaismari

"*Essa noite sonhei* com você...

Sonhei que ainda estava aqui, eu te via nas ruas, nas calçadas... em todos os lugares. Eu contava para os outros, mas ninguém acreditava. Eu queria te encontrar, te abraçar, só que quando eu me aproximava... você sumia. Logo depois, você aparecia novamente, com aquele sorriso... e eu corria em sua direção. Porém, ninguém podia te ver, apenas eu, pois você só existia para mim."

”

DEUS COLOCA AMOR ATÉ NAQUILO
QUE TE CAUSA DOR.

"O que te conduz?

Viver uma vida de luz...

Acreditar nos milagres da cruz...

Buscar o mais lindo horizonte...

Amar hoje, muito mais que ontem...

Sentir o perfume das flores...

Sorrir com a graça dos amores...

Cruzar a Cordilheira dos Andes...

Plantar árvores gigantes...

Brincar na luz do luar...

Dormir até acordar...

Sonhar com um mundo melhor...

Fazer a diferença em qualquer lugar...

Existem mil razões para lutar, mas todas se resumem a um único verbo: AMAR.

O que te leva a continuar?"

"Nosso amor é assim:
bobo, sério, louco, sincero,
feliz e eterno."

@falamaismari

"O amor é leve, não pesa, não carrega.

O amor é simples, não complica, não nega.

O amor é completo, sem medo, sem regra.

O amor é fogo, esquenta, exagera.

O amor é luz, irradia, impera.

O amor é paz, abençoa, espera.

O amor é tudo, Deus, alma, vida... é a entrega."

99

NUNCA É TARDE PARA SE ARREPENDER, MAS É SEMPRE TARDE PARA NÃO AMAR.

"T.E. A.M.O.

É simples falar que ama quando está tudo bem, quando está em paz, quando está em ordem.

O amor verdadeiro não é aquele que se vangloria na calmaria, mas, o que suporta a tempestade.

Se o seu amor balançou na fúria do mar, não é porque ele era fraco ou falso, foi porque ele ainda não aprendeu a nadar.

Não desista do que é novo, só porque aquilo te machuca, dói ou afoga.

Tudo que você faz pela primeira vez precisa de amadurecimento...

... ou por acaso você deixou de andar pelo simples fato de cair?

Levante-se e lute todos os dias pelo seu amor, assim como você deve lutar pela sua vida. Afinal, quem escolheu viver a dois, tornou-se apenas um.

'TE AMO'... pensei..."

"A vida é um quebra-cabeça. Quando você busca resolver sozinho, se frustra. Porque para ter um encaixe é preciso de duas partes. E assim a solução se torna simples, pois basta completar o que falta em um, com o que sobra do outro."

@falamaismari

"*E eu que pensei que só era mais um...* que não tinha nenhum... que não fazia falta.

E eu que pensei que era sem graça... que ia ali e parava... que não sabia a direção.

E eu que pensei que só bagunçava... que não tinha sentido em nada... que não cabia em meu coração.

E eu que pensei que na dúvida não queria... que sabia e não sabia... que não ouvia e ouvia e no silêncio tinha um som.

E eu que pensei que pensava e nada... que gritava e calava e que no caminho não tinha razão.

E eu que achei que se voltar, errava... que desistir era nada... perto da minha missão.

E eu que em tantas vezes pensei... Nunca acreditei... que em tantos... sei e não sei... deixei escorrer as águas das minhas mãos.

E eu que de tanto ter, esqueci de ser e que em meio à guerra... dei trégua... e errei a direção.

E eu que por sentir, entendi e vivi... as palavras do meu coração.

E eu que por me convencer... fui capaz de ver... o que seus lindos olhos têm a me dizer.

E, por ouvir, precisei dizer... Dessa vez não calei... Meio precoce... Não sei... Apenas sorri e gritei.

Só sei que passei, transformei em rabiscos, tentei... Sorri e falei, bem alto, exagerei..."

”

VOCÊ PODE VALORIZAR SUAS
QUALIDADES OU INFLAR SEUS DEFEITOS.

TODOS TEMOS O MÉDICO E O MONSTRO.
IRÁ AFLORAR AQUELE QUE VOCÊ ALIMENTA.
QUAL QUEIXA VOCÊ VAI DEIXAR HOJE?

"BEM x MAL: Quem vence?

Dentro de você há duas forças, a mais forte é a que você fomenta.

Em alguns momentos da sua vida, na sua dor, na sua angústia, na sua carência, o seu amor pode esfriar. Muitas vezes você pode acreditar que isso te deixará mais forte, mas a verdade é que ser frio é que te deixa fraco.

Não importa de quem eu falo, se é seu cônjuge, seu filho, seu amigo, algum parente ou Deus, eu falo é de relacionamentos.

A maldade só irá invadir o seu mundo, se você permitir. E se isso já aconteceu, recue, não tenha medo de voltar atrás.

Não se entregue para a derrota porque perdeu uma luta. Para vencer a guerra, é preciso levantar depois da queda.

Não desista de amar porque algo te feriu, alguém te decepcionou, ou porque foi abandonado. Seja forte! Mesmo que o mundo caia... Quem escolhe o amor sempre será salvo.

Não permita que o sentimento morra, que a dúvida entre em seu coração e a maldade cubra seus sentimentos.

Quando você amou, não houve interrogação."

PARTE 2

Sonhar para agir!

"Viver a mais bela
lembrança.
Encher a vida de
esperança.
O que te impede de sonhar
como uma criança?"

@falamaismari

"Muitas vezes desistimos sem tentar, pois disseram que era inviável ou difícil demais. Quantas coisas são deixadas de lado porque alguém disse que não deveria ser feito? Quantos sonhos são esquecidos porque foram compartilhados com pessoas que não acreditavam? A vida é agora! Enquanto você respirar, muita coisa é possível de acontecer, não se limite ao que o outro acredita ser real. Se você é capaz de sonhar, também será capaz de realizar. Acredite nisso. Ou melhor, ensine isso às pessoas. O mundo precisa de mais – Vá em frente – e menos –Deixa pra lá.–"

@falamaismari

”

ATÉ QUANDO VOCÊ VAI FAZER O
CONTRÁRIO DAQUILO QUE DESEJA TER?

"*Até quando você vai* deixar seus sonhos de lado para viver os sonhos dos outros?

Até quando você vai se anular para somar alguém?

Até quando você vai viver brando em vez de acender a chama dentro de você?

A vida que você vive só depende de você.

Não tenha medo, ou melhor, tenha medo e canalize toda essa energia a seu favor.

Deixe as crenças de lado, mas não perca sua essência.

Proibido é apenas aquilo que não está no seu coração.

Loucura é não viver desfrutando ao máximo cada momento.

Qual loucura você vai viver hoje?"

"*Nem tudo que acontece é porque você quer. Mas tudo o que você quer pode acontecer. Depende apenas de você.*"

@falamaismari

"*Todo dia é uma oportunidade* para começar algo novo.

Para ressignificar alguma crença.

Para trilhar novos caminhos.

Não espere o sol brilhar para acender a sua chama.

Acorde antes dele. Assim você ajuda a iluminar o mundo."

A VERDADEIRA BELEZA É AQUELA
QUE OS OLHOS BRILHAM, O SORRISO ENCANTA E
FAZ DE UM SUSPIRO UM CANTO, ONDE A
BRISA QUE TOCA SEU ROSTO É A MAIS
PURA FORMA DE AMOR.

"*Por muitas vezes busquei o perfeito* para começar a amar o que já existia em mim.

Muitas vezes busquei o melhor para dar valor no que eu já tinha.

Muitas vezes quis muito algo que eu já possuía.

Por que ficamos cegos diante daquilo que está à nossa frente?

Não deixe que coisas insignificantes te privem de viver. Não busque a perfeição. Não espere o melhor.

Você é o melhor! Você é perfeito, exatamente do jeitinho que é.

Cuide da sua casca, mas não se esqueça do seu interior.

Pare de se importar com a imagem que você tem e comece a amar a pessoa que você é.

Saia do casulo e permita-se voar.

Quando você se alimenta de amor, ele transborda com carinho.

Não existe perfeito. Não existe o melhor.

Sabe por quê?

O que existe é você, e você está perdendo vida desperdiçando o seu tempo.

Por que você quer sempre alcançar algo em vez de apenas estar presente?

Não existe o impossível.

O que existe apenas é o agora. O que existe é o tempo, e você precisa viver hoje."

"Ou você se assume,
ou você não existe."

@falamaismari

"*Para ter força* você não precisa de músculos.

Para ter força você precisa ter vontade, anseio e desejo.

Você precisa saber o que quer, saber quem é, e para quem faz.

Você precisa entender o princípio da vida e saber o propósito da SUA vida.

Você precisa conhecer a fonte, beber da sua água e transbordar como rios de águas infinitas.

Não é apenas querer, é decidir.

Não é ESTAR, é SER.

A sua força vem de dentro, e aí pode ter um leão feroz ou um cordeiro indefeso.

O médico ou o monstro.

O bom ou o mau.

O que você QUER alimentar?

Quem você quer ser é quem você é.

Externe a sua força e liberte o que há dentro do seu SER!

Liberte-se, use a sua força e seja simplesmente você!"

”

CORRA ATRÁS DOS SEUS SONHOS.
MESMO QUANDO VOCÊ AINDA
NÃO OS CONHECE.

"*Sem sonhar* não seria possível realizar.

Sem desejar não existiria o ousar.

Sem errar não seria possível acertar.

Sem temer não existiria o falhar.

Use com sabedoria os verbos que a vida te dá.

Só é possível vencer depois de tentar."

"O pior pecado é o que você comete, e o maior perdão é o que você se dá."

@falamaismari

"*Você nunca parou para pensar* nos motivos de certas coisas acontecerem com você?

A sua dor não é em vão.

Para descobrir o sentido, basta olhar os sintomas.

Aquilo que fere é a própria cura.

Não desista só porque 'querem' tirar a sua paz. Mesmo que seja VOCÊ o responsável por isso.

Já parou para pensar que só é roubado aquilo que tem VALOR?

Persista até fim...

Quando chegar lá, continue firme!

Não pare porque algo te feriu.

O que para você parece derrota, para outros, é inspiração!"

”

POR MAIS FOCADO QUE VOCÊ SEJA
TERÃO DIAS DE OSCILAÇÃO.

POR MAIS SÃO QUE VOCÊ SEJA,
TERÃO DIAS DE LOUCURA.

POR MAIS SATISFEITO QUE PAREÇA
TERÃO DIAS DE CONFUSÃO.

NÃO IMPORTA COMO VOCÊ ESTÁ,
CUIDE APENAS DO SEU CORAÇÃO.

"Você já se sentiu meio tonto? Confuso? Perdido?

Já teve a sensação de olhar para as coisas e ver tudo nublado? Embaçado?

Já imaginou que seria tudo perfeito? Quando, na verdade, não conseguiu fazer nada direito.

Já sorriu quando quis chorar, dormiu muito em vez de acordar?

É normal sentir-se meio fora do lugar. Estranho seria não conseguir sonhar.

Não se preocupe com pensamentos que vêm só para atormentar.

Você é luz e veio aqui para brilhar."

PARTE 3

Sorria, só ria!

"Quando você coloca a sua felicidade em alguém, em algum sentimento ou em alguma coisa, você perde. Pessoas se vão, sentimentos passam e coisas se quebram. Pense nisso."

@falamaismari

"*Felicidade*: palavra, estado, espírito, momento e caminho.

Acreditar que ela existe seria possível?

Às vezes o que sinto é apenas alegria.

Meu coração se despedaça com tanta frustração, fico fraca... fico fria...

Meus músculos perdem a força e não sei mais para onde ir. Ou somente, eu não queira ir.

Quero sentir a mesma alegria de quando te conheci.

Como faço para te fazer sorrir?"

”

ÀS VEZES VOCÊ FICA ESPERANDO A FOTO PERFEITA, O DIA PERFEITO, O TRABALHO PERFEITO OU, ATÉ MESMO, O MOMENTO PERFEITO PARA FAZER AS COISAS.

ENQUANTO ISSO EXISTE UMA VIDA PERFEITA, REPLETA DE MOMENTOS IMPERFEITOS, ESPERANDO PARA TE FAZER SORRIR.

"*O sorriso de uma criança* é a mais pura forma de amar.

O sorriso de uma criança encanta qualquer olhar.

O sorriso de uma criança acalma o falar.

O sorriso de uma criança ilumina e alegra a vida sem contestar.

O sorriso de uma criança pode ser seu, basta tentar...

Depende apenas de se deixar estar."

"Vai sorrindo à toa, rindo de boa, não ligando para o hoje e muito menos para o amanhã. Mesmo que descontente, sorria sempre, seu sorriso é luz e encanta muita gente. Quanto mais você sorrir, mais pessoas vai atingir, daqui até ali, começando do lado de cá e chegando até o outro continente."

@falamaismari

"*Felicidade pode ser um estado passageiro,* um momento inesperado, ou um simples brigadeiro.

Felicidade pode ser aquele almoço com os amigos, aquela bagunça organizada, ou um sonho realizado.

Felicidade pode ser aquele abraço apertado, aquele beijo gostoso, ou até um sorriso manhoso.

Felicidade pode ter muitas formas, caminhos e até mesmo águas.

Felicidade pode ser tudo, pode ser nada, pode ser o que você quiser.

Então, eu abdico da primeira, porque passageiro é apenas o que vou experimentar e, já que a felicidade é minha, com ela eu quero ficar."

”

QUANTOS SORRISOS E ABRAÇOS SINCEROS SÃO NECESSÁRIOS PARA APAGAR LÁGRIMAS E INCERTEZAS?

"*Quantos sorrisos você precisa* para apagar uma lágrima?

Quantos abraços você necessita para ter certeza de que é amor?

Quantas verdades precisam ser provadas para esquecer uma mentira?

Por que precisamos de tantas provas para os erros, se os acertos são provados diariamente e ninguém faz questão de ver?

Por que você prefere a incerteza e a lágrima em vez do sorriso verdadeiro?

Por que é tão difícil aceitar a dúvida de um abraço sincero?

Pode a sua dúvida mudar o sentimento de alguém?

Pode a sua lágrima tirar o sorriso do outro?

Por que abraços e sorrisos sinceros não podem secar as lágrimas da incerteza do seu coração?

Por que você não vem para a luz e sai dessa escuridão?"

"Tem dias que estou deprimida, outros cheia de flor."

@falamaismari

"Seu riso é de
graça e faz graça.
É doce e não engorda.
É natural e não estraga.
É puro e não mistura.
É único e tem postura.
O mundo fica melhor
quando você só ri,
belezura!"

@falamaismari

”

MEROS FLASHES QUE BUSCAM
CAPTAR A ESSÊNCIA DA SUA ALMA.
SERÁ QUE ELA VAI SORRIR HOJE?

"*Não espere seu melhor dia para sorrir.* Seu melhor ângulo para fotografar. A melhor dieta para se cuidar. A mais saborosa fruta para apreciar.

O mundo real é feito de coisas imperfeitas, momentos com iluminação ruim e sorrisos com alface no dente.

Em um mundo de ilusão, quem é real é rei.

Quantos defeitos você vai criar para as soluções que o mundo te dá?"

"Na vida você pode escolher: criar oportunidades ou esperar acontecer."

@falamaismari

"Olha que dia lindo, que sorriso sincero, que beijo gostoso...

Olha quantas pessoas maravilhosas, quantos momentos inesquecíveis, quantas oportunidades pela frente...

Olha que vida única, que olhar profundo, que abraço apertado...

Olha quanta coisa boa...

E mesmo assim ainda tem gente reclamando à toa."

”

QUEM NÃO SE POSICIONA,
NO MUNDO REAL, NÃO FUNCIONA.

"*Não são todos os dias* que estou com um sorriso no rosto, alguns dias ele não quer aparecer.

Às vezes se esconde de tal maneira, que não importa o que eu faça, ele simplesmente não sai.

É como se precisasse daquele tempo, daquele silêncio ou daquela solidão. Porém, quando ele sai, já vai sorrindo à toa, rindo de boa, não ligando para o hoje e nem se importando com o amanhã.

O engraçado é que ele nunca deixa de iluminar o coração, mesmo não aparecendo, sua luz guia para a melhor direção.

Com isso entendi que o sorriso é como o sol, vão ter dias que ele vai abrilhantar, já outros, será uma pequena chama ou um clarão.

Mas ele sempre será uma luz que irradia, ilumina com mais força uns dias, outros dias não.

Apesar de toda a sua luz, o sol se guarda, descansa na madrugada e deixa a lua tomar sua posição.

O mais interessante é que por mais que você não o veja, o sol, em seu silêncio, continua a brilhar e ilumina tudo o que pode alcançar.

E assim como o sol se esconde, o sorriso tímido pode não aparecer, porque de vez em quando ele só precisa espairecer.

Mas, na manhã seguinte, como o sol volta a iluminar o dia, aquele lindo sorriso voltará a brilhar. E toda a sua graça e sua luz encantarão a todos que encontrar."

PARTE 4

A culpa é de quem?

"Para ser autêntica você não precisa de maquiagem."

@falamaismari

"*A maior parte das pessoas* é de mentira. O fato é que simplesmente elas não sabem ser de verdade. Não ensinam isso na escola. Você está sempre aprendendo que precisa fazer igual "fulano", seguir um padrão universal ou atingir uma meta imposta por alguém.

Talvez seja por isso que a autenticidade do outro incomode tanto."

”

COMO SUA ALMA IRÁ
VESTIR-SE HOJE?

"*Já percebeu como a* SUA frustração vem da perspectiva que VOCÊ criou em relação às coisas, pessoas ou situações?

TUDO que acontece na sua vida é porque você permite!

Pare de pensar no tamanho do problema e comece a focar na simplicidade da solução."

"Fazer o mal contra o mal te torna mau também."

@falamaismari

"*Acostumado a tirar do ombro* o peso de carregar a culpa por alguma coisa.

Instintivamente tenta justificar atos, fatos, ou meras circunstâncias, apontando o erro do outro, e seu erro como culpa de algo, alguém ou alguma coisa.

Parece que o mundo te ensina assim, pois quando a culpa está no ombro alheio, você pode eliminar o trabalho de 'tentar' resolver a situação. Como a culpa não é sua, você não tem que dar atenção. Só esquece que é responsável por tudo o que acontece na sua vida, mesmo que seja direta ou indiretamente. Cada vez que julgar, apontar ou 'caçar' culpados, coloque a mão na consciência. O outro te feriu porque você deixou. 'Tal pessoa' te atingiu porque você permitiu. A opinião do outro te machuca porque você aceita ser influenciado. O mundo pode ser um lugar cruel e as pessoas podem te magoar, mas isso só acontece se você deixar."

”

QUANDO FALTAR AMOR PARA COLHER
E APENAS PEDRAS PARA ATIRAR, ARRISQUE-SE E
ATIRE A PRIMEIRA FLOR.

"Às vezes a pessoa certa
pode ser quem você estava
ou simplesmente quem você
deseja ser.

Mas só irá descobrir isso
quando viajar para dentro
de você."

@falamaismari

"*É tudo sobre pessoas...*

Pessoas se conectam com pessoas...

Pessoas trabalham com pessoas...

Pessoas curam pessoas...

Pessoas unem pessoas...

Pessoas amam pessoas...

Pessoas ajudam pessoas...

Pessoas transformam pessoas...

Por isso busque todos os dias ser uma boa pessoa, assim você sempre irá atrair pessoas boas."

"Agradeço às minhas dores, desamores e decepções.

Pois todos esses me deram ótimas inspirações."

@falamaismari

"*Você foca no tamanho do problema* ou na solução?

Prefere desistir ou persistir?

Ser vítima ou culpado?

Hoje eu escolho ser culpada.

Culpada pelas minhas dores, que me levaram a amar.

Culpada pelos meus erros, que me levaram a acertar.

Culpada pelas minhas derrotas, que me levaram a vencer.

Quando assumi minha responsabilidade, deixei de ser vítima dos outros e comecei a ser culpada por mim.

Mas a culpa não é ruim, pois não importa aonde eu vá, sempre saberei de onde eu vim."

”

VOCÊ QUER SE
LEMBRAR DO QUE
VOCÊ NÃO FOI, OU
DO DIA EM QUE
COMEÇOU A SER?

"Você pede por visão, só que não
quer ver. Você pede uma direção,
mas não quer seguir. Você pede
pelo amor, mas tem medo de amar.

Até quando você vai pedir
por coisas que não vai fazer?

Até quando você vai fazer
o contrário daquilo que
deseja ter?"

@falamaismari

"Muitas vezes a vida irá te colocar em situações que vão contra seus princípios.

Reconsidere, é melhor voltar atrás do que se perder no caminho."

@falamaismari

"*Pessoas confundem palavras* e dificultam a comunicação.

Mostram um caminho sem volta e se perdem na direção.

O sentido torna-se vago e a boca vira uma sequidão.

Perguntam: por que ainda confia no mundo, se foi lá que destruíram o seu coração?

Mas pode o outro destruir o milagre da crucificação?

Palavras só confundem quando falta a verdadeira conexão.

Por isso limpe os ouvidos, ouça a Sua mansidão. Aceite a paz que excede e segure firme em Suas mãos.

Palavras têm o dom da cura, basta ouvir com atenção.

Esqueça tudo o que sabe, aprenda com a fonte da criação.

O caminho da luz é amor, paz e gratidão."

”

NADA NA VIDA É OBRIGATÓRIO.
MAS QUANDO SE FAZ AQUILO QUE
NÃO PRECISA, ATINGE O QUE
OUTROS NÃO CONSEGUEM.

"*Sempre achamos que* tudo tem que ser conquistado com muito suor. Só que na verdade não precisa ser assim.

O simples funciona. O fácil resolve. O que importa mesmo é a constância.

Você não precisa passar horas na academia para ter um corpo bonito. Se for um pouco todo dia, já está bom.

Você não precisa cortar o carboidrato, fazer um jejum, ou passar fome para emagrecer. É só escolher melhor seus nutrientes.

Você não precisa fazer mil declarações de amor, ou algo escalafobético para encontrar o grande amor. É só ser de verdade.

O suor é digno, só que nem sempre se faz necessário. Muitas vezes queremos tanto algo que fazemos tudo menos o básico. Comece pelo simples, ele funciona e ele não te dá trabalho.

O que vai facilitar hoje?"

"Nem sempre você registra tudo que quer, às vezes opta por viver em vez de fotografar.

Você prefere conversar no lugar de postar. Escolhe ser para estar."

@falamaismari

”

TER GOVERNO SOBRE SI NÃO É
APENAS CONTROLAR SUAS ATITUDES...

TER AUTOGOVERNO É CONTROLAR SEUS
ANSEIOS PARA QUE ELES NÃO SE TORNEM ATOS.

PARTE 5

Você vive ou apenas existe?

"Como seres únicos,
o seu potencial é único.

Todo mundo é muito bom
em alguma coisa."

@falamaismari

"*O que aconteceu hoje* quando você acordou?

Levantou-se no mesmo horário, tomou aquele café a que está acostumado. Deitou-se no sofá e assistiu a mais um documentário.

Ou você é aquele que pulou da cama, perdeu a hora e saiu correndo sem comer nada. Afinal, para que alimentar quando nada tem a carregar?

Chegou ao trabalho ou ficou em casa.

Começou um projeto novo ou só enrolou na sala.

Começou aqueles exercícios ou só ficou na vontade.

Iniciou seus sonhos ou apenas não fez nada.

Um dia frio, outro dia quente. Tudo igual, mesmo que diferente. O cenário se repete.

Algo muda na mente?

Como ter resultados novos, se você continua fazendo tudo mecanicamente?

Você é real ou diferente? É robô ou gente?

Não deixe que sua realidade seja dominada pela mecânica do 'suficiente'.

Seja inteligente!"

O QUE VOCÊ ESTÁ FAZENDO PARA QUE OS SEUS SONHOS SE TORNEM REAIS?

O QUE VOCÊ ESTÁ FAZENDO PARA QUE A SUA VIDA SEJA DO JEITO QUE SEMPRE QUIS?

O QUE VOCÊ ESTÁ FAZENDO PARA ATINGIR O SUCESSO QUE EXISTE DENTRO DE TI?

"Procure dar o seu melhor sempre, em tudo.

Nos relacionamentos, no trabalho, nos estudos, na sua vida...

E para isso acontecer não significa que alguém precise ser 'pior' do que você.

Ninguém precisa ser diminuído para você se elevar. Saiba dividir a luz.

Não veja 'o melhor' do outro como 'ameaça'.

Enxergue o todo.

Entenda que podemos 'ser melhores' e não apenas 'o melhor'.

Somar, multiplicar e transformar é maior que dividir, separar e isolar.

Nós somos plurais e não singular.

E como plural, ame.

Doe-se.

Dê o seu melhor.

Não se preocupe com o outro.

Todos podem e DEVEM brilhar.

Um céu estrelado brilha muito mais que uma estrela cadente.

Por isso, ilumine-se."

"O que fica são momentos. por isso, faça com que eles sejam inesquecíveis."

@falamaismari

"Não importa quantas respostas você dê.

Ainda terão perguntas.

Não importa o quanto você ame o sol.

O inverno aconchega.

Não importa o quão sério você seja,

Ser bobo faz bem à alma.

Não importa o quão estudioso possa ser,

Às vezes só é preciso relaxar.

Não importa apenas ser saudável,

Ser 'junk' deixa a vida mais alegre.

Não importa a praticidade da vida,

Às vezes é preciso pensar.

Não importa o quão extrovertido você seja,

Terá momentos de timidez.

Não importa sua breguice,

Far-se-á de sério de vez em quando.

Não importa sua loucura,

Normal é ser insano."

”

SE O SEU CORAÇÃO É PURO,
PODE O SEU SER NÃO SER?

"Tolo é quem faz acepção de pessoas pelos atos e se esquece de olhar o coração. Nem sempre o que é visto é o que foi feito, e muitas vezes o que é ouvido é apenas o que se quer saber.

A mais linda flor tem espinhos e pode te ferir, mas um simples cravo tem o poder de te curar. Em qual verdade você quer acreditar?"

@falamaismari

"A pior dor
é a que você sente."

@falamaismari

"Quantas vezes você já se culpou por não estar com aquele sorriso no rosto? Ou talvez com aquela animação contagiante? Aquele relacionamento perfeito?

E você pensa...

Todo mundo parece tão bem e por que comigo essa alegria não vem?

Talvez, em sua dor, você buscou conforto no mundo e encontrou frustração. Enquanto isso, na sua frente, todo mundo é feliz, disciplinado, regrado, organizado...

Engraçado que até quando perdem o controle são controlados.

Não tente entender tudo o que acontece, muito menos busque descobrir 'o porquê' de cada situação. A sua vida é única e ela é SUA. E comparar o seu mundo com o do outro não é uma opção. Você não deve buscar NO MUNDO a verdade de seu coração.

Não acredite em tudo que vê, as pessoas mostram apenas o que é interessante saber.

Por isso, não se importe com a 'ostentação'.
No mundo virtual, o real se tornou fruto da imaginação."

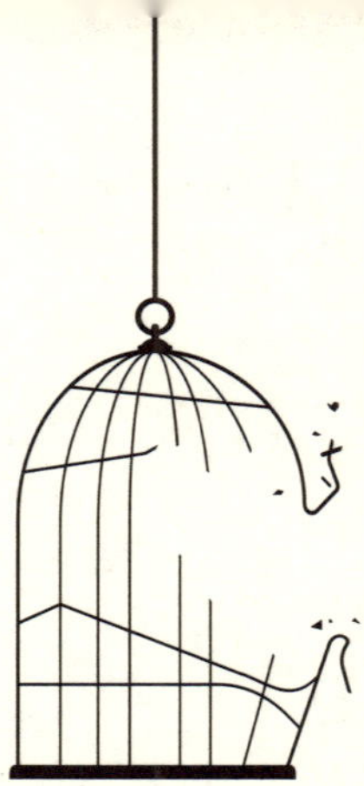

”

QUEM EU ERA ONTEM
JÁ NÃO CONHEÇO MAIS,
HOJE SOU UM NOVO SER.

"Já imaginou como seria
um desenho seu? Quais linhas
você iria apagar? Será
que se disfarçasse o que
te incomoda, você iria se
aceitar? Qual rosto você
quer reconhecer quando
acordar? O seu ou o
reflexo do mundo
em que você está?"

@falamaismari

"Detalhes só são defeitos,
se você os chama assim."

@falamaismari

"O que você vê no espelho?

Você pode ficar séria diante dele ou simplesmente sorrir.

Pode fechar a cara pelas marcas do tempo ou simplesmente rir delas.

Tudo depende de você.

De como você se vê.

Isso te conforta ou te assusta?

A resposta vai além do que seu espelho mostra. E posso te contar um segredo?

Você não vê além dele sem Ele.

O verdadeiro reflexo é através dos olhos do Criador.

Você consegue se ver assim, como Deus te criou?"

”

MESMO AQUILO QUE VOCÊ NÃO
COMPREENDE, PARA DEUS, EXISTE
UMA EXPLICAÇÃO.

"*É muito fácil julgar,* criticar e apontar erros. É fácil sentir raiva e colocar a culpa em alguém.

Difícil mesmo é olhar para dentro, enxergar que às vezes poderia ter dito sim, mas, preferiu o não. Que poderia ter sido doce, mas preferiu fingir ser gentil, pois a natureza rude falou mais alto que as boas palavras.

É difícil lembrar-se de quem você machucou, palavras ou atitudes que feriram alguém. Fácil é condenar aquele que te fez sofrer.

Por menor que seja, um gesto pode machucar, palavras deixam marcas e a cada lágrima que derramam por nós, diminui o sentimento que existe.

O problema das pessoas está nas expectativas que elas criam. Não culpe os outros porque seus sonhos não deram certo.

No lugar disso, procure sempre brotar sorrisos. E se machucar alguém um dia, não se revolte, se te machucarem de volta. Pois enquanto uns plantam e colhem, existem aqueles que cultivam, e eu cultivo a paz."

"Viver é uma atividade diária e constante. pratique esse hábito."

@falamaismari

"*Viver é estar* em equilíbrio...

Dias melhores, dias piores e no meio disso tudo: A VIDA!

Viver é mediar, ponderar um pouco de cada coisa.

Não existe sentimento constante, pois estar vivo é ter altos e baixos...

Por isso é importante aprender a viver com o que se sente e parar de querer se livrar dos seus sentimentos.

Busque equilíbrio, ou melhor, tenha equilíbrio.

Só assim você vai conseguir viver na "corda bamba" que muitos chamam de vida."

99

FOI SÓ QUANDO MUDEI A MINHA
FORMA DE PENSAR QUE MEU CORPO MUDOU
A SUA FORMA DE SER.

"Treinar não é apenas colocar o seu corpo em movimento, treinar é preparar a sua mente.

Você precisa aprender a lutar e com isso entender que a sua maior disputa é VENCER.

Só que 'vencer' não significa se conformar com o seu 'estar bem', afinal você atingiu tudo que você queria, né?

Só que o que você não sabe é que o seu potencial não foi explorado por completo. E, para fazê-lo, você precisa estar fora da curva. Para explorar a sua totalidade é preciso ir além.

Você treina para isso?

Você precisa lutar, disputar e VENCER O SEU TORNEIO.

Estamos falando da sua vida, sabia?

Por isso nunca PARE de treinar. Comece a agir, mesmo que sem direção, se mova. A ação tem um poder incrível.

Seja você a sua maior inspiração!

Torne-se um atleta da sua história.

E aí? O que você vai treinar hoje?"

"Talvez aquilo que você tenha mais dificuldade seja exatamente aquilo que você deva fazer."

@falamaismari

"A instabilidade que te
mantém em equilíbrio.

Se tudo fosse sempre igual,
não haveria motivo para
fazer diferente.

Já viu o que acontece
quando o coração não oscila
novamente?"

@falamaismari

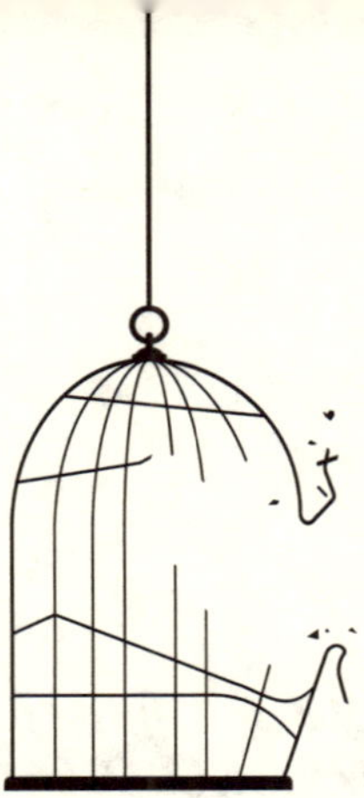

”

SE NADA ACONTECE POR ACASO,
NÃO DEIXE QUE A SUA DOR FIQUE AO ACASO.

"*Sentir mais*, do que ter.

Viver aquilo que não se pode ver.

Estar onde sempre sonhou.

Amar como nunca imaginou.

Cantar como ninguém.

Acordar ao lado de alguém.

Sorrir como uma flor.

Sentir o cheiro do amor...

São verdades esquecidas de quem não acreditou."

"Ame. Mude de opinião.
Leia mais. Ore. Acredite.
Ouça. Seja paciente.
Sorria. Chore. Namore.
Divirta-se. Sonhe.
Trabalhe. Durma. Acorde.
Realize. Relaxe. Faça
planos. Perdoe. Seja feliz.

Viva intensamente!"

@falamaismari

"Hoje é o melhor dia para viver. Já amanhã... Amanhã você vê!"

@falamaismari

@falamaismari